Michel Serr

Compte-rendu de la clinique chirurgicale de l'Hôtel-Dieu de Montpellier

Pendant le premier quadrimestre de l'année 1837

outlook

Michel Serre

Compte-rendu de la clinique chirurgicale de l'Hôtel-Dieu de Montpellier

Pendant le premier quadrimestre de l'année 1837

Réimpression inchangée de l'édition originale de 1838.

1ère édition 2024 | ISBN: 978-3-38509-529-8

Verlag (Éditeur): Outlook Verlag GmbH, Zeilweg 44, 60439 Frankfurt, Deutschland
Vertretungsberechtigt (Représentant autorisé): E. Roepke, Zeilweg 44, 60439 Frankfurt, Deutschland
Druck (Imprimerie): Libri Plureos GmbH, Friedensallee 273, 22763 Hamburg, Deutschland

COMPTE-RENDU

DE LA

CLINIQUE CHIRURGICALE

DE L'HOTEL-DIEU DE MONTPELLIER,

PENDANT LE PREMIER QUADRIMESTRE DE L'ANNÉE 1837.

DISCOURS D'OUVERTURE

prononcé le 24 novembre 1837,

PAR

M^L SERRE,

Professeur de Clinique Chirurgicale à la Faculté de Médecine de Montpellier, Chirurgien en chef de l'hôpital civil et militaire Saint-Eloi, Membre correspondant de l'Académie royale de Médecine de Paris, de la Société royale de Médecine de Lyon, de Bordeaux, de Marseille, de Toulouse, de la Société des sciences et arts du Bas-Rhin, séante à Strasbourg, de la Société des sciences médicales et naturelles de Bruxelles, de celle de Gand, etc.

> On finit toujours à la longue par reconnaître qu'en pareille matière les plus heureux sont les plus habiles.
>
> (LAPLACE, *Essai sur le calcul des probabilités.*)

MONTPELLIER,

J. MARTEL AÎNÉ, IMPRIMEUR DE LA FACULTÉ DE MÉDECINE,

rue de la Préfecture, 10.

1838.

COMPTE-RENDU

DE LA

CLINIQUE CHIRURGICALE

DE L'HOTEL-DIEU DE MONTPELLIER,

Pendant le premier Quadrimestre de l'année 1837.

———

Messieurs,

JE vous entretenais, il y a bientôt un an, des résultats que j'avais obtenus pendant la durée de mon service, et je vous disais que parmi tous les malades que j'avais opérés

(et le nombre en était assez grand), aucun d'eux n'avait succombé (1).

Ceux d'entre vous, MESSIEURS, qui suivent régulièrement mes visites, ne durent trouver dans cette assertion rien qui pût les surprendre ; car les faits que j'invoquais alors s'étaient tous passés sous leurs yeux, et ils pourraient encore, au besoin, en garantir aujourd'hui l'exactitude. Mais ce n'est pas là ce qu'il m'importe d'établir ; j'ose croire, MESSIEURS, être assez connu de vous tous pour n'avoir pas à vous parler de ma bonne foi en matière scientifique. Vous en jugerez mieux encore par l'exposé des faits que j'ai à vous présenter.

Il est cependant un propos qui est quelquefois parvenu jusqu'à mes oreilles, et auquel je serais fâché de ne pas répondre, non pas tant dans mon intérêt, que dans celui de l'art que je suis chargé de vous enseigner. Quelques personnes peu éclairées, sans doute, ou peut-être même animées d'un sentiment qui, loin de me blesser, m'honore et me flatte, ont cru pouvoir atténuer les succès

(1) Compte-rendu de la clinique chirurgicale pendant le deuxième quadrimestre de l'année 1836.

dont elles avaient été les témoins, en disant que j'étais d'un *bonheur inouï dans toutes mes opérations.*

Mais, Messieurs, la chirurgie serait-elle donc déchue du rang que les travaux de Callisen, de Scarpa, de Boyer, de Delpech, de Dupuytren, d'Astley-Cooper, de Lisfranc, de Velpeau, de Blandin et de tant d'autres, lui ont assigné dans ces derniers temps ? L'art de faire les opérations ne sera-t-il donc désormais qu'un vrai jeu de hasard ? Non, Messieurs, le mot *hasard* ou *bonheur* (car ces deux mots sont ici synonymes) emporte avec lui quelque chose de très-variable et d'incertain ; et je veux, au contraire, vous prouver que les résultats que je recueille dans cet hôpital sont à peu près constamment les mêmes. Le mot *hasard* ou *bonheur* dispense de toute explication, et je prétends néanmoins vous initier à tous mes actes, et vous faire ainsi comprendre pourquoi je réussis là où tant d'autres échouent. Au reste, soit dit ici par anticipation, méfiez-vous de ces chirurgiens à grande renommée dont la main est seulement *malheureuse.* N'oubliez pas que ce mot a souvent servi de voile encore plus à l'igno-

rance qu'à la maladresse...... J'entre immédiatement en matière.

Vous avez tous probablement présent à la
mémoire le souvenir de ce maître d'armes
du 2ᵉ régiment du Génie, qui, revenant de
la chasse, vit son fusil éclater dans la main
gauche : le désordre qui en résulta fut si
grand, qu'il fallut en venir sur-le-champ
à l'amputation de l'avant-bras. L'opération
avait été faite d'après les règles ordinaires,
et tout semblait présager un succès complet,
lorsque, le soir même de l'opération, le blessé,
qui jusque-là avait montré la plus grande fermeté, tombe dans un état d'affaissement et de
tristesse vraiment fait pour inspirer les plus
vives craintes. Surpris du changement qui
venait de s'opérer, je questionne le malade,
et j'apprends que ce qui le tourmente et l'ac-
cable, c'est de songer qu'il ne pourra plus,
à l'avenir, donner du pain à sa nombreuse
famille.

Que faire en pareille circonstance? Je me
rends sur-le-champ auprès du chef du corps
auquel il appartenait, qui, plein de bonté
pour ce malheureux sous-officier, me promet

de lui conserver le poste qu'il avait avant l'accident. Satisfait du résultat de ma démarche, je retourne à l'hôpital, et je raconte à ce militaire ce que vous venez d'entendre. A l'instant sa figure se ranime, le pouls se relève, la chaleur se rétablit, les forces semblent renaître à vue d'œil, et dès ce moment le malade marche à grands pas vers la guérison.

MESSIEURS, j'aime à vous citer ce fait pour vous prouver que le mérite du chirurgien ne consiste pas seulement à savoir pratiquer les opérations : supposez maintenant que ce blessé eût été confié aux soins d'un opérateur fort habile, d'ailleurs, mais inattentif, et surtout doué d'assez peu de sensibilité pour ne pas prendre part à la situation toute particulière dans laquelle se trouvait ce militaire; eh bien! MESSIEURS, c'en était fait de lui, il eût inévitablement péri.

Que ceux d'entre vous qui douteraient de l'influence que les secours moraux peuvent avoir sur le sort des opérés, ouvrent l'*Essai de la médecine du cœur* de M.-A. Petit, et ils y puiseront de sages et utiles leçons. Il importe, sans doute, dit ce médecin philanthrope, que celui qui se destine à la pratique

des opérations, ait l'ouïe fine, la vue bonne,
la main ferme, le jugement sûr et prompt,
le tact délicat et facile ; mais il importe da-
vantage encore qu'il ait un cœur où soient
entendus tous les cris de la douleur, et qui
soit toujours d'intelligence avec sa main pour
en régler les mouvements. Je dois même le
dire ici, parce que c'est le dire à sa place,
les chirurgiens des hôpitaux ne tombent que
trop souvent dans un excès contraire : en vou-
lant fortifier leur cœur, ils se l'endurcissent ;
ils prennent l'indifférence pour la fermeté, la
précipitation pour l'habileté ; ils perdent peu
à peu cette douceur aimable, compatissante,
qui a tant de prix aux yeux de l'homme malade ; semblables à ces buveurs de profession
que les doux parfums du vin ne touchent plus,
ils ne sont plus émus par des souffrances
médiocres ; pour exciter leur intérêt, il faut
des maux qui déchirent ou qui tuent ; sur
tout le reste, leur attention est refroidie, leur
âme est fermée, et comme un bruit violent
et répété ôte à l'oreille la faculté d'entendre,
leur cœur perd celle de sentir au milieu des
cris multipliés de la douleur.

A Dieu ne plaise, MESSIEURS, que je vous

donne de pareils exemples !... Et si jamais il
m'arrivait, dans la chaleur d'une opération,
de m'oublier jusqu'au point d'être sourd à la
voix du malheureux qui souffre, sachez que
vous ne devez pas m'imiter.

Un malade, non moins intéressant que
celui dont je viens de vous entretenir, est
un jeune homme d'Hérépian, âgé d'environ
20 ans, qui arriva dans cet hôpital avec un
calcul vésical qu'il portait déjà depuis long-
temps. Chacun de vous a pu le voir au moment de son entrée, et juger de l'état de
dépérissement dans lequel il était. Ce qui
mérite surtout d'être noté, c'est qu'outre la
fièvre hectique qui le dévorait nuit et jour,
il éprouvait les douleurs les plus vives lors
de l'émission des urines, et rendait toujours
une certaine quantité de pus.

En le voyant, il me fut aisé de vous dire
que son état était grave, et qu'il convenait de
le soumettre à une série de moyens prépa-
ratoires, avant d'entreprendre l'opération ;
c'est là, en effet, ce que je fis.

Le malade fut mis immédiatement à un
régime beaucoup plus sévère que celui qu'il
avait suivi jusqu'alors ; je prescrivis en même

temps des bains, des lavements émollients et des potions légèrement laudanisées ; je cherchai surtout à repousser, à l'aide d'une sonde, la pierre que je reconnus être engagée dans le col de la vessie, et je parvins ainsi, en moins d'un mois, à faire tomber cet état d'éréthisme et de souffrance qui ruinait les forces de ce jeune infortuné.

Le moment fixé pour l'opération approchait, et je crus cependant devoir la différer encore, afin de pouvoir donner au malade de l'huile de ricin, et provoquer ainsi la sortie des vers lombrics que je pensais exister dans le tube digestif, et qui furent, en effet, évacués le jour même de la purgation.

Enfin, l'opération de la lithotomie est faite, et j'éprouve les plus grandes difficultés pour saisir le calcul, qui était venu malheureusement s'engager de nouveau dans le col de la vessie, par suite des cris violents qu'avait poussés le malade, lors de l'incision des parties molles du périnée et de la prostate.

Après une opération aussi longue et aussi laborieuse, on était assurément en droit de s'attendre à des accidents fâcheux, et je m'y attendais moi-même. Les suites ont cependant prouvé le contraire. A peine le malade a eu de la fièvre , et une simple potion anti-spasmodique , donnée après l'opération , a suffi pour conjurer l'orage. Au moment où je parle , ce jeune homme a repris de l'embonpoint, et jouit de la plus belle santé.

Ici , me direz-vous peut-être , vous conviendrez , du moins , que le *bonheur* vous a secondé; non, MESSIEURS : si au lieu de faire subir au malade les préparations auxquelles je l'ai préalablement soumis , je l'avais opéré le jour même de son entrée à l'hôpital , ou quelques jours après , alors vous auriez vu probablement se réaliser les craintes que vous aviez pu concevoir sur son compte. Souvent il n'a fallu , en effet , que la présence des vers dans l'intérieur du tube digestif pour compromettre le succès d'une opération que tout semblait annoncer devoir réussir. Qui ne connaît la fréquence des affections vermineuses chez les calculeux , et l'influence que cette cause exerce sur l'ensemble de l'économie, et sur l'abdomen en particulier?

Que ce langage ne vous étonne pas ; je connais tout ce que l'on a dit et écrit depuis Pouteau contre les préparations à faire subir aux opérés, et je n'en persiste pas moins à professer des principes diamétralement opposés. Oui, MESSIEURS, si l'homme de l'art opérait ses malades sans tenir compte de leur âge, de leur sexe, de leur tempérament, de leur manière d'être au moment de l'opération, et des diverses complications qui peuvent exister, alors vous auriez quelques motifs de dire que la chirurgie n'est qu'un jeu de hasard ; mais lorsque vous verrez un opérateur s'entourer de tous les soins possibles pour mettre son malade dans les meilleures conditions, et que le succès couronnera son entreprise, dites que la chirurgie n'est pas seulement un art, mais une science qui marche à l'égal de la médecine, et semble même quelquefois lui ouvrir la voie.

MESSIEURS, l'opération de la taille est devenue aujourd'hui chose si commune, que je crains d'insister trop long-temps sur ce point ; j'arrive à un autre sujet qui aura, du moins pour vous, le mérite de la nouveauté.

Vingt années s'étaient écoulées depuis que le célèbre Delpech avait fait la section du tendon d'Achille, à l'occasion du pied équin, lorsque le hasard amena dans mes salles un

jeune homme du département du Nord, qui,
après avoir parcouru la plupart des hôpitaux de
France, vint à Montpellier pour s'y faire guérir
d'une pareille difformité. La maladie existait
depuis environ trois ans, et était survenue à la
suite d'une blessure qu'il avait reçue au mollet.

Le pied et la jambe du côté malade étaient
presque sur la même ligne ; la poulie articu-
laire de l'astragale avait en grande partie aban-
donné la mortaise formée par les extrémités
inférieures du tibia et du péroné, et faisait une
saillie très-prononcée sur le dos du pied ; le
talon était fortement rétracté en haut et en
arrière, et fixé invariablement dans cette position. On pouvait bien imprimer à l'articulation
tibio-tarsienne quelques légers mouvements
de latéralité, mais aucun dans le sens de la
flexion du pied sur la jambe ; les muscles du
mollet avaient notablement diminué de volume, et le malade ne pouvait marcher qu'en
s'appuyant sur le sol à l'aide des orteils et
des extrémités phalangiennes des os métatar-
siens. Au surplus, le sujet jouissait d'une
santé parfaite, et tout prouvait que le vice de
conformation qu'il présentait était purement
accidentel.

A l'instant, je sentis qu'il n'y avait qu'un seul parti à prendre pour guérir ce malade ; c'était de pratiquer la section du tendon d'Achille. Cette idée me séduisit même tellement que je ne pus m'empêcher de la manifester à toutes les personnes qui m'entouraient. Ce plan opératoire devint dès-lors l'objet de toutes les conversations parmi les gens de l'art, et l'on fut jusqu'à nier publiquement la possibilité de guérir le pied équin par le procédé que je voulais mettre en usage. En vain, j'alléguai que Thilénius, Sartorius, Michaëlis, Delpech, Stromeyer, Duval, Bouvier, Blandin et plusieurs autres avaient complétement réussi dans des cas pareils ; il fallut en venir à une nouvelle épreuve, et pratiquer l'opération en votre présence ; c'était le 28 mars 1837.

A peine la section du tendon d'Achille fut-elle faite, que chacun de vous put voir le pied revenir, à peu de chose près, dans sa position normale, sans que le malade éprouvât la moindre douleur ; plus tard, un appareil à extension a été appliqué, afin de ramener de plus en plus le pied dans le sens de la flexion sur la jambe, et dès le quarantième jour, le jeune Bourrier a pu poser entièrement le pied sur le sol, et marcher dans les salles de l'hôpital. Maintenant que plus de sept mois se sont écoulés depuis le moment de l'opération, le malade m'écrit de Dunkerque, et me dit avec satisfaction et reconnaissance, que son pied acquiert de plus en plus de force, et qu'il travaille comme il le faisait avant l'accident pour lequel il était venu réclamer mes soins.

Mais comment se fait-il donc que cette opération n'ait été entravée par aucun contretemps, et que le malade n'ait pas eu même de la fièvre, alors que celui opéré par le professeur Delpech passa par une série d'épreuves plus pénibles les unes que les autres, avant de toucher à sa guérison ? MESSIEURS, la raison en est toute simple, c'est que Delpech ne savait pas en 1816, ce que nous savons en 1837. Du reste, ouvrez d'une part sa Clinique chirurgicale, et de l'autre son Traité d'orthomorphie, et lui-même vous apprendra pourquoi il faillit échouer dans sa première tentative.

Voulez-vous aujourd'hui réussir dans le traitement du pied équin, en pratiquant la section du tendon d'Achille ? N'intéressez la peau que dans une très-petite étendue, sur l'un des côtés du tendon seulement, et réunissez immédiatement après la plaie par première intention. Voulez-vous n'éprouver aucun obstacle dans la formation du corps fibreux intermédiaire qui doit servir à l'allongement du tendon commun des muscles jumeaux et soléaire? Manœuvrez de manière à éviter la lésion des deux veines saphènes, et à prévenir toute espèce d'épanchement de sang dans le vide qui résulte de l'écartement des deux bords de la solution de continuité du tendon d'Achille. Voilà, Messieurs, le vrai moyen d'être *heureux* dans ce genre d'opération.

Je vous ai déjà si souvent entretenus des restaurations de la face, et vous m'en avez vu pratiquer un si grand nombre avec succès depuis quatre ans, qu'en vérité je répugne presque à vous en parler encore; il en est trois cependant, parmi celles que j'ai faites dans ce dernier quadrimestre, dont je ne puis me dispenser de vous dire quelques mots.

La première est celle de la rhinoplastie qu'a subie le capitaine G***, et qui a tant piqué votre curiosité. L'opération a été faite d'après la méthode indienne; le lambeau a été formé

aux dépens de la peau du front, et le pédicule n'a été coupé que le vingtième jour,
c'est-à-dire lorsque la réunion a été complète.
Pendant tout cet espace de temps, la vie du
malade n'a pas été un seul instant en danger,
et vous avez pu juger, après la guérison, de
la forme et des dimensions du nouveau nez (1).
Ne portez pas cependant, MESSIEURS, un jugement trop sévère à cet égard; car malgré
les écrits de Graëfe, de Carpue, de Delpech,
de Dieffenbach, et de Labat sur la rhinoplastie, cette branche de l'art de restaurer les
difformités de la face attend encore de nom-
breuses et importantes modifications. Il n'en
est pas tout-à-fait ainsi de la chéiloplastie ;
je vous en ai dit souvent le motif.

Vous avez tous plus d'une fois reculé d'hor-
reur, en voyant dans la salle des blessés un
enfant de troupe d'environ dix ans, qui portait
à la lèvre supérieure un fongus hœmatodes
énorme, qui, prenant naissance dans l'épais-
seur de la cloison des fosses nasales, laissait
constamment suinter du sang, et donnait à ce

(1) Cet officier est rentré depuis lors à son régiment,
et a pris le commandement de sa compagnie.

jeune infortuné un aspect des plus hideux et des plus repoussants. Alors que depuis cinq années que le jeune Fischer séjournait dans l'hôpital Saint-Eloi, personne n'avait pas même songé à tenter l'ablation de cette tumeur, vous m'avez vu vous entretenir de cette opération avec calme et sang-froid, et l'exécuter avec un plein succès à la face de toute l'Ecole.

Or, MESSIEURS, pourriez-vous supposer qu'en me livrant à cette tentative, j'ai voulu seulement faire un acte de témérité, ou que plus aveugle et plus coupable encore, j'aie compté sur la fortune qui, dit-on, me seconde dans toutes mes opérations? Que ceux d'entre vous qui auraient de pareilles idées, réfléchissent à la conduite que j'ai tenue dans cette circonstance, et ils reconnaîtront bientôt que tout avait été prévu et calculé de la manière la plus rigoureuse. Je dis plus, j'ai été assez bien inspiré dans cette occasion pour ouvrir une voie nouvelle au traitement du fongus hæmatodes, jusqu'à présent si rebelle à tous les moyens de l'art, et prouver qu'à l'aide des ligatures en masse disposées à propos, on peut tenter sans danger l'ablation d'un grand nombre de tumeurs de ce genre.

Vous tous qui étiez venus assister à cette opération, avec l'idée que le malade pouvait périr d'hémorrhagie sur le lit de douleur, n'avez-vous pas, en effet, été surpris de voir à peine s'écouler trois ou quatre onces de sang? Eh bien! Messieurs, lorsque vous aurez à tenter de pareilles opérations, agissez comme je l'ai fait moi-même, et je me trompe fort, ou le *bonheur* vous secondera.

Au surplus, quelque brillant et flatteur que fût ce résultat, ce n'était pas assez que d'avoir triomphé du mal; il fallait restaurer aussi la difformité qui provenait de l'énorme perte de substance que j'avais été obligé de faire; c'est ce que j'ai encore exécuté devant vous, en empruntant aux joues deux lambeaux latéraux propres à remplacer la lèvre supérieure. Il faut, Messieurs, avoir été témoin de cette opération, pour se faire une juste idée des détails dont elle se compose, et de la précision avec laquelle elle demande à être exécutée (1). Aussi quel service n'ai-je pas rendu

---

(1) Pendant dix jours les lambeaux sont restés en place, et la lèvre nouvelle a offert le plus bel aspect; mais faute d'un point d'appui suffisant du côté des narines, ce second temps de l'opération n'a pas complétement réussi : la cica-

à ce malheureux enfant, que vous regardiez tous déjà depuis long-temps comme voué à une mort certaine !

Je ne saurais aller plus loin sans vous parler, MESSIEURS, d'une circonstance qui se rattache à ce mode opératoire, et qui en fait, selon moi, tout le prix ; c'est la facilité avec laquelle le bord libre du lambeau peut être recouvert à l'aide de la muqueuse buccale, et conserver ainsi à la nouvelle lèvre les dimensions qu'on lui donne. Voilà, MESSIEURS, tout le secret de la chéiloplastie ; et si après la restauration du nez, par exemple, le lambeau s'affaisse ou se déforme, et les narines se rétrécissent, cela provient uniquement de ce que la face profonde du lambeau, privée de membrane muqueuse, doit inévitablement suppurer, et subir les conséquences de la formation du tissu inodulaire.

---

trice s'est en partie déchirée, et il existe encore une sorte de bec-de-lièvre qui laisse deux dents à découvert. Ce qu'il y a de plus de satisfaisant, c'est que la maladie ne s'est pas reproduite, et qu'après avoir séjourné six ans dans l'hôpital Saint-Eloi, le jeune Fischer a pu enfin aller rejoindre son père qui sert dans le 47e régiment de ligne, et rentrer dans la société dont il semblait exclu pour jamais.

MESSIEURS, j'insiste sur ce point, parce que je crois être le premier en France et à l'étranger, à avoir signalé cette modification importante à faire subir à la chéiloplastie (1), et que sans elle, les résultats que l'on en retire sont toujours imparfaits.

Permettez-moi de vous rappeler à cet égard ce qui s'est passé chez un homme de Béziers, qui déjà avait été opéré habilement par le docteur Bourguet, et chez lequel le cancer s'était reproduit. Ici les choses étaient dans un état tel, qu'il me fut de toute impossibilité de songer à restaurer la lèvre inférieure avec la peau des joues ; il fallut donc emprunter le lambeau à la peau du cou, et le livrer sans défense à l'inflammation. Aussi qu'en est-il résulté ? Peu à peu le lambeau s'est recoquillé, et quoique le malade soit sorti guéri de l'hôpital, la nouvelle lèvre avait si peu de saillie, qu'elle était loin de remplir le but auquel la nature l'a destinée.

Au surplus, cette opération présenta, une

---

(1) Voy. les lettres que j'ai écrites à ce sujet à l'Académie royale de médecine, et que j'ai fait insérer dans plusieurs journaux.

autre particularité qui mérite d'être mention-
née : à peine le malade avait été transporté
dans son lit, qu'il survint une hémorrhagie
assez inquiétante pour me forcer à lever l'appareil, et à me rendre maître du sang.

Vous croyez peut-être, MESSIEURS, qu'ébloui
par les succès que je viens de vous raconter,
je vais passer outre, et ne pas vous signaler
la cause de ce contre-temps. Non, je prétends,
au contraire, vous prouver à cette occasion
que tout s'explique en chirurgie, et qu'il n'y
a que ceux qui ont intérêt à cacher leurs fautes
ou leurs revers, qui ne donnent la raison
de rien.

Si dans le cas dont il s'agit une hémorrhagie
a eu lieu, la faute en est à moi seul ; si, fidèle
aux principes que je vous ai si souvent expo-
sés, j'avais lié tous les vaisseaux à mesure
que je les ouvrais, cet accident ne serait pas
arrivé. Ainsi donc, sauf quelques circonstan-
ces, on ne peut plus rares, et souvent trop
difficiles à apprécier, sachez que lorsque, à
la suite d'une opération quelconque, le sang
coule en assez grande quantité pour constituer
une hémorrhagic, la faute en est à l'homme
de l'art.

Le résultat définitif de cette opération était à peine connu, lorsqu'il arriva dans mes salles un paysan du département de la Corrèze, qui portait à la région postérieure du cou un lipome tellement volumineux qu'il descendait jusqu'à la région lombaire, et recouvrait presque toute la portion dorsale du tronc; il n'avait pas moins de quinze à dix-huit pouces de diamètre.

Quoique tout annonçât qu'il s'agissait d'une tumeur graisseuse, j'aurais cru manquer aux règles de l'art si je n'avais pas pratiqué d'abord deux ponctions exploratrices dans la vue de m'assurer de la nature du mal. Aussi, dès que ce point de diagnostic fut éclairci, je me hâtai d'en venir à l'opération, après avoir toutefois traversé le pédicule de la tumeur à l'aide de deux ligatures d'attente, crainte qu'il n'y eût dans ce lieu quelque vaisseau artériel ou veineux dont la lésion pût amener une hémorrhagie inquiétante. Heureusement il n'en fut point ainsi, et sauf deux ou trois artères principales qu'il me fallut lier, il me fut assez aisé de me tenir à sec.

Mais il n'était pas moins essentiel de fermer

la plaie provenant de l'ablation de la tumeur,
tant elle était vaste ; car, si l'inflammation s'en
emparait, la suppuration seule qui allait en
résulter, pouvait entraîner la mort du malade.
Enhardi par les résultats heureux que je recueille journellement de l'emploi de la suture,
à la suite des grandes opérations, je ne balan-
çai pas un seul instant ; les bords de la solution
de continuité furent immédiatement rappro-
chés à la faveur de ce moyen de synthèse, et
dans moins de six jours, j'eus la satisfaction
de voir cette énorme plaie fermée dans les
deux tiers de son étendue. Vingt jours après
elle était complétement cicatrisée.

Et l'on se récrie encore, à Paris, contre
l'emploi de la suture! Et l'on prétend que c'est
faire rétrograder la chirurgie que d'avoir re-
cours à un pareil moyen! En vérité, est-il
permis de pousser la prévention ou la mau-
vaise foi jusqu'à ce point ? Que ceux qui tien-
nent un pareil langage sortent donc des
barrières de la capitale, et viennent à Montpellier s'assurer si ce que nous avançons est
vrai ! Qu'à défaut de ce moyen de vérification,
ils interrogent les élèves sortis de notre école
qui vont annuellement à Paris, et tous leur

raconteront avec enthousiasme les succès
dont ils ont été les témoins!

Quant à moi, MESSIEURS, ma conviction à
cet égard est si forte, que je renoncerais dès
aujourd'hui à l'exercice de la haute chirurgie,
si je devais renoncer à faire usage de la réunion immédiate et de la suture.

S'il est une opération à la suite de laquelle
il eût dû jamais se manifester ces accidents
nerveux dont on a tant parlé à l'occasion de
l'emploi de ce dernier moyen, c'est assurément celle dont je viens de vous retracer le
tableau; et cependant, avez-vous vu un seul
symptôme qui annonçât la moindre excitation,
de la part du système cérébro-spinal?

Puisque les faits sont tels, dites donc,
MESSIEURS, à ces hommes qui s'obstinent à s'é-
lever contre la suture : Vous nous reprochez
de faire rétrograder la chirurgie, et vous oubliez que vous en êtes encore au point où en
était l'ancienne académie du temps de Pibrac!
C'est donc vous qui êtes rétrogrades, car
par le temps qui court, on recule lorsqu'on
n'avance pas.

Il est une autre opération qui dépose bien
plus encore en faveur de la réunion immédiate

et de la suture, et que je m'empresse de vous rappeler ; c'est celle de ce malheureux jeune homme de Lunel, qui vint dans cette maison avec un sarcocèle au testicule gauche.

Le sujet était maigre et déjà profondément affaibli par la maladie qu'il portait ; le testicule n'avait pas acquis un trop grand volume, mais il existait dans la fosse iliaque et le long du cordon, un chapelet de glandes, ou mieux de tumeurs squirrheuses dont une plus grosse était logée au-dessous du rein du même côté. C'en était certainement assez pour éloigner de mon esprit toute idée d'opération ; toutefois ayant voulu constater encore mieux la nature de la maladie, je fis une ponction exploratrice qui donna issue à un demi-verre environ de sérosité, et me permit ainsi de mieux apprécier la forme et le volume du testicule.

J'ignore ce qui se passa à l'occasion de cette ponction, qui, du reste, avait été très-simple et exempte de toute douleur, lorsque, trois ou quatre jours après, il se manifesta une escarre qui envahit peu à peu toutes les enveloppes testiculaires, et mit le sarcocèle à nu.

Que faire dans un cas aussi grave? Fallait-il abandonner le malade à son triste sort, et voir d'un œil impassible la gangrène se propager de proche en proche jusqu'à l'abdomen? MESSIEURS, la vue d'un danger si pressant ranima mes forces, et vous m'entendîtes tous, non sans quelque surprise, vous parler d'extirper le testicule, afin, disais-je, de substituer une plaie simple à une plaie gangréneuse, et de réparer, autant que possible, le mal que l'art avait fait.

L'opération fut, en effet, pratiquée le lendemain; et quoique la section du cordon eût eu lieu sur des parties malades, je rapprochai les bords de la solution de continuité à l'aide de la suture, et la réunion se fit comme si j'avais agi sur des parties saines. Vous avez pu voir, en peu de jours, le malade complétement guéri des suites de l'opération, et s'il a succombé plus tard, après être sorti de l'hôpital, la mort n'a été que la conséquence des tumeurs cancéreuses qui existaient dans l'intérieur du ventre, et qui avaient rapidement augmenté de volume.

N'avez-vous pas vu aussi deux femmes que j'ai opérées d'un cancer au sein, et dont l'une a été guérie en six jours? Dès la levée du premier appareil, la plaie a été trouvée complétement cicatrisée, et la malade a eu à peine un peu de fièvre.

Quant à l'autre, dont la vie a été si longtemps en danger, et qui est encore dans les salles, n'allez pas chercher la cause des accidents qu'elle a éprouvés, dans l'opération à laquelle elle a été soumise : personne d'entre vous n'ignore que, dès le huitième jour, la plaie était presque fermée, lorsqu'une infirmière eut l'imprudence de lui donner dans la nuit un pot de tisane froide, qui provoqua chez elle une gastrite des plus intenses, qu'il a fallu combattre par la diète, les sangsues, les fomentations, les lavements et les tisanes mucilagineuses.

C'est sous l'influence même de cette inflammation de la muqueuse de l'estomac, que vous avez vu paraître ensuite des plaques érysipélateuses qui ont successivement envahi toutes les parties du corps, *excepté celles sur lesquelles l'opération avait été pratiquée*, et dont l'apparition, devenue presque périodique, a paru se lier avec les exacerbations d'une fièvre rémittente quotidienne que j'ai dû attaquer

par l'administration du sulfate de quinine,
d'abord en lavement, et ensuite en pilules.

Enfin, après une série d'accidents plus
graves les uns que les autres, et dont je me
dispense de vous parler, la malade semble
avoir échappé à la mort, comme par mira-
cle (1).

Que conclure de ce fait? Que le succès d'une
opération ne dépend pas seulement du manuel
opératoire, et que les soins consécutifs que
l'on donne aux opérés y sont souvent pour
beaucoup. Mais comment diriger l'administration de ces derniers moyens, si l'homme
de l'art n'est pas suffisamment pourvu de
connaissances médicales? C'est vous dire,
MESSIEURS, que la médecine et la chirurgie se
lient de la manière la plus étroite, et que
l'une et l'autre se prêtent de mutuels et de
puissants appuis.

Malgré tout ce que j'ai dit jusqu'ici en faveur
de la réunion immédiate, il est cependant
des cas dans lesquels ce mode de pansement
ne saurait être appliqué: tel est celui de l'ex-

---

(1) La malade est, depuis long-temps, sortie de l'hôpital entièrement guérie.

tirpation du globe de l'œil dont vous avez vu tout récemment un exemple. Toutefois, Messieurs, n'oubliez pas qu'il est très-important pour le salut du malade de ne pas tamponner la cavité de l'orbite, comme le font encore la plupart des praticiens.

Sans doute l'hémorrhagie fournie par la section de l'artère ophthalmique mérite quelque attention de la part de l'opérateur; mais ce qui est plus sérieux, et ce qu'il faut avant tout éviter, c'est l'inflammation du cerveau et de ses membranes. Vous avez pu, du reste, vous convaincre par le résultat que j'ai obtenu, des heureux effets que le mode de pansement mis en usage peut avoir sur les suites de cette opération.

Il en est une autre, Messieurs, que j'ai pratiquée, il y a à peine huit jours, et dont vous avez déjà apprécié les conséquences : c'est celle qu'a subie ce jeune officier d'infanterie légère, qui, après avoir séjourné pendant huit mois à l'hôpital militaire de Lyon, était depuis près de deux ans dans celui-ci, sans avoir éprouvé le moindre soulagement. Vous l'avez vu, ce malade ne pouvait uriner que goutte à goutte, par une fistule qu'il avait au périnée, et malgré

les soins les plus assidus de la part de mon
collègue ou de la mienne, nous n'avions pu
parvenir, ni l'un ni l'autre, à franchir les
nombreux obstacles qui obstruaient le canal
de l'urètre. Les choses en étaient au point que
ce malheureux officier pour ainsi dire aban-
donné pouvait, d'un moment à l'autre, se livrer à quelque acte de désespoir, et demandait
avec instance que l'on fît quelque nouvelle
tentative pour le guérir.

C'est au milieu de ces cruelles perplexités
que j'ai entrepris naguère l'une des opérations les plus insolites et les plus délicates
de la chirurgie: une incision a été pratiquée
au périnée, le canal de l'urètre a été mis à
nu et incisé dans le point correspondant à la
portion bulbeuse, et une sonde métallique a
pu dès ce moment arriver jusques à la vessie
et assurer le cours des urines. A la vérité, il
existe encore dans la partie droite du canal
un autre obstacle qu'il faudra vaincre. Mais
pourquoi ne triompherai-je pas de ce dernier,
puisque j'ai déjà surmonté celui qui existait
dans une région bien moins accessible aux ins-
truments? Ne m'avez-vous pas vu, d'ailleurs,
l'an dernier, pratiquer cette même opération

avec un plein succès sur un jeune homme de
Béziers qui était à la salle des payants? Je ne
saurais assez, MESSIEURS, recommander ces
faits à votre attention, tant ils sont rares et
intéressants pour les progrès de l'art.

Après des opérations aussi graves et aussi
difficiles, vous serez surpris, peut-être, de ne
m'avoir pas entendu citer un seul cas d'amputation ; daignez m'accorder à ce sujet un
moment d'attention.

Parmi tous les malades que j'ai eu à traiter
cette année, et qui auraient pu se trouver
dans cette catégorie, trois seulement méritent
d'être mentionnés. Le premier avait une tumeur blanche de l'articulation tibio-tarsienne,
et semblait à la veille d'être amputé, lorsque,
prenant en considération l'âge et les forces
du sujet, je l'envoyai aux bains de mer, d'où
il est revenu dans l'état le plus satisfaisant.
C'est le nommé Mège, qui occupe aujour-
d'hui le N° 62 de la salle des blessés, et
prend les préparations d'or en frictions sur la
langue.

Le second est un jeune malade qui portait
une nécrose profonde du tibia, tout près de
l'articulation du genou, et que j'ai extraite

sans le moindre accident, à l'aide d'une cou-
ronne de trépan.

Enfin, le troisième est un habitant de la
campagne des environs de Montpellier, qui, à
la suite d'une lésion traumatique, a eu une
infinité d'abcès tant au pied qu'à la jambe,
pour lesquels il a fallu faire treize contre-
ouvertures, et obtenir ainsi l'oblitération suc-
cessive de tous les foyers purulents.

Je vous le demande maintenant, MESSIEURS,
n'est-il pas à la fois plus honorable et plus con-
solant pour moi d'avoir su éviter ces amputa-
tions, que de les faire, même en réussissant ?
C'est là un principe de médecine opératoire
que je ne saurais assez inculquer dans vos
esprits.

Que d'autres comptent leurs exploits par le
nombre des sujets qu'ils ont mutilés ; quant
à moi, j'aime mieux n'avoir à vous entretenir aujourd'hui que des malades auxquels
j'ai pu conserver leurs membres. Autant je
suis partisan zélé de cette chirurgie restaura-
trice qui apprend, non pas à détruire, mais
à conserver les parties malades, et à leur rendre peu à peu leurs formes et leurs usages
primitifs ; autant je suis ennemi de celle qui

ne vit que de sang et de douleur, et ne compte
ses succès que par l'énormité des sacrifices
qu'elle se croit obligée de faire.

N'allez pas cependant, MESSIEURS, vous
figurer que, chirurgien timide et pusillanime,
je recule devant aucune opération ; j'ose
croire, au contraire, vous avoir prouvé par
le compte-rendu que vous venez d'entendre,
et par ceux que j'ai déjà publiés, qu'il n'est
rien que je ne sois prêt à tenter pour le salut
de l'humanité. Je dis plus : déjà souvent j'ai
fait, en votre présence, des opérations qui
avaient été déclarées périlleuses, imprati-
cables, et que vous tous considériez comme
telles ; vous savez, MESSIEURS, quelles sont
celles auxquelles j'entends faire allusion. Mais
faut-il encore, avant de se livrer à de pareilles
tentatives, qu'il y ait une impérieuse néces-
sité ; car, ne vous y trompez pas, l'opération
la plus légère en apparence peut avoir les
suites les plus fâcheuses, et lorsqu'il s'agit de
la vie de l'homme, on ne saurait y regarder
de trop près.

Cette réflexion m'amène naturellement à
vous entretenir d'un fait qui aura peut-être
échappé à votre mémoire, mais dont le

souvenir restera long-temps gravé dans la mienne ; je veux parler d'un jeune conscrit qui avait à la marge de l'anus une tumeur fongueuse, du volume et de la couleur d'une fraise, et que je crus être le résultat d'une maladie simulée, par cela seul que le pédicule auquel elle adhérait, se prolongeait à plus de trois pouces dans le rectum, et semblait être fixé à un corps spongieux.

Vivement imbu de cette idée, je ne conduisis pas même le malade dans la salle des opérations, et saisissant la tumeur à l'aide d'une paire de pinces à pansement, je fis sur-le-champ la section du pédicule, et je continuai ma visite. Mais à peine dix minutes s'étaient écoulées, que le malade pâle et défiguré vient à moi, et me dit qu'ayant voulu aller à la selle, il a perdu une énorme quantité de sang.

D'abord je pus croire que ce militaire cherchait à me tromper, et je ne lui répondis presque pas ; il revient à moi derechef, et me dit pour la seconde fois, mais en termes plus pressants, qu'il se meurt, et que si je ne lui donne de prompts secours, bientôt il ne sera plus.

Je commençai à sentir que le cas était plus
sérieux que je ne l'avais supposé, et exa-
minant alors le malade avec plus de soin,
je m'aperçus que le rectum était déjà plein
de sang, et que l'hémorrhagie pouvait être
promptement mortelle. A l'instant je donnai
un lavement avec l'oxicrat, j'introduisis rapidement des tampons de charpie dans le rectum,
et j'appliquai de la glace sur l'hypogastre et
les parties sexuelles pendant deux heures.
En un mot, il ne fallut rien moins que ces
moyens énergiques, et plusieurs autres dont
je me dispense de vous entretenir, pour mettre
un terme à l'hémorrhagie, et sauver le malade.

Vous le voyez, MESSIEURS, cette opération
était assurément très-simple, et cependant la
vie de ce jeune conscrit a été un moment en
péril, parce que, prévenu que j'étais contre
lui, je n'ai apporté, ni dans l'examen de sa
maladie, ni dans la section du pédicule de
la tumeur, toute l'attention qu'il aurait fallu
y mettre. Mais, MESSIEURS, s'il en est ainsi
pour des opérations aussi peu importantes,
qu'arrivera-t-il lorsqu'il s'agira de l'une de
ces grandes entreprises chirurgicales dont
vous êtes tous les jours les témoins ?

Après des faits pareils , seriez-vous tentés de rapporter encore au *bonheur* ou au *malheur* les succès ou les revers que vous aurez à noter dans vos études ? Ecoutez :

Tenez-vous à être *heureux* dans les opérations que vous serez appelés à pratiquer ? N'en entreprenez jamais , à moins qu'elles ne soient indispensables ; interrogez tous les organes de l'économie , avant de saisir le couteau ou le bistouri, et n'oubliez pas que des lésions, locales en apparence, se lient souvent à un dérangement de l'ensemble de la constitution ; n'opérez que dans les cas les plus urgents , pendant la durée des épidémies ; préparez avec soin vos malades à supporter la commotion qui doit inévitablement résulter de l'épreuve douloureuse à laquelle ils vont être soumis ; mettez dans l'exécution du procédé opératoire toute l'attention et toute la dextérité convenables ; ne négligez en aucune manière les pansements ; allez au-devant des accidents qui pourraient se manifester, et n'attendez pas surtout pour les combattre qu'ils aient acquis trop d'intensité ; surveillez même vos malades pendant la convalescence ; enfin, empruntez à la médecine et à l'hygiène tous les moyens dont elles peuvent disposer, *et la fortune, à coup sûr, vous secondera, ou l'art sera en défaut.*

Voilà, MESSIEURS, en peu de mots, le résumé des principes qui m'ont servi jusqu'ici de règle de conduite, et qui m'ont valu les succès que j'ai obtenus dans cet hôpital.

Vous venez de l'entendre, parmi tous les malades que j'ai opérés pendant la durée du quadrimestre, il n'en est pas un seul qui soit mort, c'est-à-dire, que le résultat a été absolument le même que celui de l'année précédente; c'est à vous maintenant, MESSIEURS, d'en rechercher la cause.

Toutefois, avant de terminer, j'éprouve le besoin de répondre à l'appel qui me fut fait l'an dernier par le chirurgien en chef de l'hôpital de Bordeaux, qui, analysant mon compte-rendu, s'étonnait de ce qu'il n'était nullement fait mention de la herniotomie. Que M. Moulinier n'aille pas croire que j'ai voulu ainsi passer sous silence un ou plusieurs revers que j'aurais pu éprouver: il est de fait que ce genre d'opération est on ne peut plus rare dans cet hôpital, et qu'il s'écoule souvent des années entières sans que nous soyons dans

le cas de la pratiquer. Mais puisque mon honorable collègue désire savoir quels sont les
résultats que j'obtiens à la suite de la herniotomie, qu'il me soit permis de lui dire que,
pendant l'année qui vient de se terminer, j'ai
été à même de faire deux fois cette opération
dans ma pratique civile, et que toutes les deux
ont parfaitement réussi.

La première, qui a eu lieu en présence de
M. le professeur Dugès, fut pratiquée à l'occasion d'une hernie crurale, entérocèle, que
portait une femme âgée d'environ 72 ans.
En moins de vingt jours, la plaie a été complétement cicatrisée.

Chez le second malade, la hernie déjà
très-ancienne et volumineuse, et de nature
entéro - épiploïque, existait chez un homme
âgé d'environ 50 ans, et s'était formée à
travers le canal inguinal. La masse d'épi-
ploon qui la constituait en partie était si
considérable, qu'il fallut en laisser une portion au-dehors, ce qui ne contribua pas peu à
compliquer l'opération ; aussi conseillerai-je
en pareil cas d'en faire le sacrifice. Cependant,
après bien des soins, tant de ma part que de
celle de mon ami le docteur Jallaguier, qui

m'avait fait appeler en consultation, nous avons eu la satisfaction de voir la plaie se fermer, et le malade guérir.

Enfin, si je m'abstiens de parler de l'opération de la cataracte, ce n'est pas que les résultats que j'ai obtenus cette année aient été moins satisfaisants que ceux des années précédentes. Sur dix malades que j'ai opérés pendant le premier quadrimestre de l'année 1837, neuf ont recouvré la vue.

Loin de moi cependant, MESSIEURS, la prétention d'obtenir toujours des succès aussi complets dans ma pratique ; mais ce que je puis vous promettre, et ce que je suis sûr de pouvoir tenir, c'est de prodiguer à mes malades les soins empressés et affectueux dont je les ai entourés jusqu'ici, et d'apporter dans mes leçons ce zèle et cette ponctualité que vous connaissez tous, et qui m'ont attiré, de votre part, ces sentiments d'estime et de confiance auxquels j'attache un si grand prix.

RELEVÉ des malades civils et militaires entrés et morts dans les salles des blessés et vénériens de l'hôpital Saint-Eloi de Montpellier, depuis le 1er janvier jusqu'au 30 avril 1837.

Nombre DE MALADES CIVILS entrés		Nombre DE MALADES CIVILS morts		Nombre DE MALADES MILITAIRES entrés		Nombre DE MALADES MILITAIRES morts	
AUX BLESSÉS.	AUX VÉNÉRIENS.	AUX BLESSÉS.	AUX VÉNÉRIENS.	AUX BLESSÉS.	AUX VÉNÉRIENS.	AUX BLESSÉS.	AUX VÉNÉRIENS.
199	11	3	»	115	112	1	»

NOMS DES CIVILS ET MILITAIRES DÉCÉDÉS DANS LES DEUX SERVICES DES BLESSÉS. — CAUSES DE LA MORT.

Service des blessés civils.

MM. SPENLÉ (Jean), mort, le 10 janvier 1837, d'une angine œdémateuse, à la suite d'une ulcération profonde au larynx.

MAURIN (François), mort, le 18 janvier, d'une gangrène sénile à la jambe.

GILLES (Joseph), mort, le 16 mars, d'une inflammation suppurative de la prostate, et d'une cystite.

SERVENT (Emmanuel), mort, le 19 mars, dans un état d'idiotisme, et des suites d'un épanchement séreux dans le côté gauche de la poitrine.

BRETEAU (Julien), mort, le 26 avril, d'une fracture du crâne avec épanchement dans la cavité encéphalique. Le malade est mort quelques heures après son entrée à l'hôpital.

Service des blessés militaires.

GUILLAUME (Jean-Baptiste), mort, le 21 février 1837, des suites d'un abcès énorme au bras et d'une pneumonie chronique. Ce militaire était à l'hôpital depuis près de 13 mois.

NOTA. Il n'est mort ni civils ni militaires dans le quartier des vénériens, du 1er janvier au 30 avril 1837.

Milton Keynes UK
Ingram Content Group UK Ltd.
UKHW032328221024
449917UK00004B/310

9 783385 095298